El agua es vida

Lada Josefa Kratky

El agua en el hogar

Usamos agua todos los días.

Glu glu glu, el agua corre mientras nos lavamos los dientes. Glu glu glu, el agua corre cuando lavamos los platos. Glu glu glu, el agua corre cuando llenamos un vaso de agua.

Glu glu glu, corre el agua en la lavadora. Glu glu glu, corre el agua cuando lavamos el carro. Glu glu glu, corre el agua por el tubo de desagüe. ¡Tanta agua que se va corriendo!

El agua y las plantas

Las plantas en el campo necesitan agua para crecer. Sin agua no habría melones ni sandías ni calabazas. No habría lechugas ni tomates, ni pepinos tampoco.

Sin agua no habría claveles ni gladiolos
ni flores de ningún tipo. Sin agua no
crecerían los naranjos y no tendríamos
naranjas para hacer jugo.
Sin agua no crecería
ningún árbol.

El agua y la salud

Las personas también necesitan agua. Más de la mitad del cuerpo humano es agua. Cuando una persona corre, suda. Al sudar, pierde agua. El agua se tiene que reemplazar. Tenemos que tomar agua cada día. ¡El agua es vida!

60% agua

Igual que nosotros, los animales necesitan agua. Podemos ver pajaritos volar hacia una fuente, salpicarse con agua y beber. El hipopótamo glotón hasta pasa el día entero en el agua. Y los elefantes caminan largas distancia en busca de agua.

Escasez de agua

Hay mucha gente en nuestro planeta, y todos necesitamos agua. A veces el clima cambia. En ciertos lugares hay sequías. Esto significa que hay escasez de agua. No hay suficiente agua para todos los que la necesitan. Este es un problema global. ¿Cómo se arregla este problema?

Ahorremos agua

Todos tenemos que vigilar nuestro consumo de agua. Tenemos que conservar.

Cuando te lavas los dientes, que no se oiga el gluglú del agua que corre. Cierra la llave de agua. ¿Se puede? ¡Claro que sí!

¡Claro que sí!

Cuando te duchas, hazlo rápido. Usa un temporizador. Dúchate por solo tres minutos. ¿Se puede? ¡Claro que sí! Cierra bien la llave de agua. No la dejes gotear. ¿Se puede? ¡Claro que sí! Enseña a tu hermanito a hacerlo igual que tú.

¡Claro que sí!

 Cuando vayas a bañar a tu perro, arréglatelas para meterlo en una tina. Lávalo y enjuágalo con el agua de la tina. No dejes correr el agua de la manguera. ¿Se puede? ¡Claro que sí!

Piensa en otras maneras de conservar agua. ¿Se puede? Exclamen todos:

—**¡Seguro que sí!**

Glosario

clima *n.m.* tipo de tiempo que hace por lo general en un lugar. *El estado de Alaska tiene un **clima** frío.*

desagüe *n.m.* tubería por donde se da salida al agua. *El **desagüe** de la bañera está atascado.*

conservar *v.* ahorrar algo de lo que no hay mucho. *Manejamos despacio para **conservar** la gasolina.*

consumo *n.m.* cantidad de algo que uno utiliza. *Nuestro **consumo** de agua este mes fue de 1,500 galones.*

escasez *n.f.* falta de algo. *Cuando hay **escasez** de algo, los precios suben.*

global *adj.* que tiene que ver con todo el planeta Tierra. *La necesidad de ahorrar energía es un problema **global**.*

sequía *n.f.* temporada durante la que llueve poco o nada. *La **sequía** del año pasado hizo que perdiéramos nuestros cultivos.*

temporizador *n.m.* aparato que indica por medio de un sonido cuándo ha pasado cierta cantidad de tiempo. *Pon el **temporizador** para tres minutos al ducharte.*